Objets d'Art
de la Chine et du Japon

MAI 1913

Objets d'Art
de la Chine et du Japon

CATALOGUE

Objets d'Art de la Chine et du Japon

Poteries de fouille

CHINOISES

Porcelaines de la Chine

des époques MING, KANGHI, KIENLONG, TAOKUANG, etc.

Émaux cloisonnés de la Chine

des mêmes époques

Émaux Peints de Canton
Bronzes Chinois

Importante Collection de Tabatières

Jade - Agate - Ambre - Porcelaine - Verre - etc.

Broderies — Étoffes
Meubles — Bois sculptés, etc.

Dont la vente aura lieu à l'HOTEL DROUOT, Salle n° 11

Les VENDREDI 30 et SAMEDI 31 MAI 1913

à 2 heures

COMMISSAIRE PRISEUR :	EXPERT
Mᵉ Edouard FOURNIER	M. André PORTIER
29, RUE DE MAUBEUGE	24, RUE CHAUCHAT

chez lesquels se distribue le présent catalogue

Exposition Publique à L'HOTEL DROUOT
Salle n° 11

Le JEUDI 29 MAI 1913, de 2 heures à 6 heures

CONDITIONS DE LA VENTE

Elle sera faite expressément au comptant.

Les acquéreurs paieront 10 pour 100 en sus des enchères.

L'expert assistera à l'Exposition publique et se tiendra à la disposition de MM. les Amateurs qui auraient un renseignement à lui demander ou des ordres d'achat à lui confier.

Pièces de Fouille

CHINOISES

POTERIES

1. — Cheval en poterie rosée, à couverte argentée.

Epoque Tang   Haut. 0 m. 30

2. — Figurine en poterie blanche, à couverte argentée. Traces de décor noir.

Epoque Tang   Haut. 0 m. 42

3. — Vase en poterie brune, à couverte argentée, en forme d'une besace, décorée au col d'un motif clouté.

Epoque Sung   Haut. 0 m. 26

4. — Une petite coupe clair de lune.

Epoque Sung   Diam. 0 m. 15

5. — Vase de forme tubulaire, s'effilant au col et au pied. Poterie brune.

Epoque Sung   Haut. 0 m. 25

6. — Petite figure funéraire en poterie rougeâtre.

Epoque Tang   Haut. 0 m. 23

7. — Deux brûle-parfums représentant des chimères accroupies. Poterie grise.

Epoque Ming   Diam. 0 m. 30

8. — Pot en cuivre, de forme arrondie, portant deux anses bouclés. La pièce n'a pas été sortie de sa couverte terreuse qui laisse apparaître, par endroits, une jolie patine verte.

Diam. 0 m. 26

9. — Pot en cuivre de forme arrondie, le fond ajouré de rosaces stylisées. Jolie patine vert émeraude.

Diam. 0 m. 20

10. — Autre pot en cuivre, à jolie patine verte.

Diam. 0 m. 18

11-12. Deux statuettes funéraires en terre cuite, représentant deux personnages debout.

Epoque Tang   Haut. 0 m. 75

13. — Statuette funéraire en terre cuite, représentant un personnage à cheval.

Epoque Tang   Haut. 0 m. 32

14. — Urne à riz en terre cuite, avec couvercle. Traces de glaçure argentée.

Epoque Han   Haut. 0 m. 22

15. — Cheval en terre cuite, à couverte jaune à reflets métalliques.

Epoque Ming   Haut. 0 m. 22

Porcelaines de la Chine

16. — Philosophe assis, en ancienne poterie chinoise, à émaux bleu et aubergine.

Epoque Ming   Haut. 0 m. 17

17. — Petit vase cornet, ancienne poterie chinoise, décoré sur fond aubergine de fleurs en reliefs d'émaux turquoises et jaunes.

Epoque Ming   Haut. 0 m. 24

18-19. Deux bouteilles formant paire, en biscuit Ming, décorées sur fond aubergine de lotus turquoise et or.

Epoque Ming   Haut. 0 m. 16

20. — Potiche, non couverte, décorée d'une scène de palais :
personnages sur une terrasse fleurie.

Epoque Ming (1368-1643)   Haut. 0 m. 34

21. — Potiche, non couverte, à décor de jeunes femmes et d'enfants, jouant.

Epoque Ming   Haut. 0 m. 33

22. — Bouteille à large panse, à décor de scènes de guerriers.

Epoque Ming   Haut. 0 m. 29

23. — Grand vase cornet, le col coupé, décoré de scènes de palais, de bouquets de chrysanthèmes et de pêches de longévité.

Epoque Ming   Haut. 0 m. 47

24. — Petit pot, de forme basse, décoré de panneaux de fleurs réservés sur un fond à motifs géométriques roses.

Epoque Ming   Diam. 0 m. 20

25. — Vasque, de forme arrondie, décorée d'un noble personnage se promenant sur une terrasse fleurie, accompagné de ses serviteurs.

Epoque Ming   Diam. 0 m. 25

26. — Petite potiche couverte, de corps ovoïde, à décor de personnages à l'intérieur d'un palais.

Epoque Ming   Haut. 0 m. 22

27. — Petite potiche, de corps piriforme, décorée en émaux verts et rouges de motifs de chrysanthèmes stylisés.

Epoque Ming   Haut. 0 m. 23

28. — Petite potiche, décorée en émaux verts, rouges et ors, de chimères au milieu des pivoines.

Epoque Ming   Haut. 0 m. 18

29-30-31. Trois petits vases, de forme tubulaire, décorés d'un noble personnage et d'un serviteur.

Epoque Ming   Haut. 0 m. 17

32. — Petit vase cornet, à décor de palmes.

Epoque Ming   Haut. 0 m. 14

33. — Vase de forme tubulaire, en porcelaine bleu fouetté, décoré
à l'or de paysages motagneux et de poésies.

Epoque Kanghi   Diam. 0 m. 18

34. — Petit vase rouleau, en ancienne porcelaine de la Chine, décoré sur fond blanc de deux femmes et d'un enfant
jouant.

Epoque Kanghi   Haut. 0 m. 20

35. — Petite bouteille de forme ovoïde, en ancienne porcelaine de
Chine, décorée sur fond blanc de branches fleuries et
d'oiseaux.

Epoque Kanghi   Haut. 0 m. 16

36. — Assiette à bord lobé décoré d'un tigre et d'un oiseau sur
un arbre en fleurs.

Epoque Kanghi   Diam. 0 m. 20

37. — Assiette joliement décorée, sur fond blanc, de branches
fleuries.

Epoque Kanghi   Diam. 0 m, 21

38. — Sucrier en ancienne porcelaine de la Chine, décoré de
palmettes portant sur fond vert des réserves de fleurs
stylisées.

Epoque Kanghi   Diam. 0 m. 10

39-40. Deux pots à gingembre, en ancienne porcelaine de Chine,
décorés de motifs fleuris et d'oiseaux.

Famille rose   Haut. 0 m. 18

41-42-43. Trois petits vases en ancienne porcelaine de Chine, à décor
fleuri.

Famille rose

44. — Potiche, en ancienne porcelaine de Chine, à décor bleu
et blanc, d'oiseaux et de massifs fleuris.

XVIIIe Siècle   Haut. 0 m. 27

45. — Une paire de pots à gingembre, en ancienne porcelaine
bleu et blanc de la Chine, à décor d'attributs et de vases
fleuris. Couvercles en bois sculpté et ajouré.

XVIIIe Siècle   Haut. 0 m. 25

46. — Potiche en ancienne porcelaine bleu et blanc, décorée de
motifs fleuris et d'oiseaux.

XVIII' Siècle   Haut. 0 m. 30

47. — Pot à gingembre, en ancienne porcelaine bleu et blanc,
décoré sur fond bleu de fleurs de pêcher et en réserve
de vases fleuris et d'attributs.

XVIIIe Siècle   Haut. 0 m. 20

48. — Potiche, de panse surélevée, en porcelaine bleu et blanc, à
décor de paysages montagneux. Couvercle en bois sculpté
et ajouré.

Haut. 0 m. 34

49. — Vasque, de forme arrondie, en porcelaine bleu et blanc,
décorée de chimères sur les rochers, au milieu des flots.

Diam. 0 m. 22

50-51.   Deux pots à gingembre, en ancienne porcelaine bleu et
blanc, décorés de pins, de bambous et de chrysanthèmes.
Couvercles en bois sculpté et ajouré.

XVIIIe Siècle   Haut. 0 m. 27

52. — Petite potiche, la panse arrondie, surmontée d'un col très
court, en porcelaine bleu et blanc, décorée de motifs
fleuris et d'oiseaux.

Haut. 0 m. 22

53. — Vasque, de forme arrondie, le col s'évasant légèrement,
décoré d'un personnage en promenade, suivi de ses
serviteurs. Porcelaine bleu et blanc.

Diam. 0 m, 21

54. — Pot à gingembre, de forme arrondie, en ancienne porcelaine
bleu et blanc, décoré de motifs fleuris et d'oiseaux.
Couvercle en bois sculpté et ajouré.

XVIIIe Siècle   Haut. 0 m. 22

55. — Potiche, de panse surélevée, en ancienne porcelaine craquelée bleu et blanc, offrant des personnages sous les pins.

XVIIe -XVIIIe Siècle   Haut. 0 m. 32

56. — Pot, en ancienne porcelaine bleu et blanc, l'épaulement
supportant deux anses de suspension, et décoré de scènes
de palais.

Diam. 0 m. 22

57. — Petit pot à gingembre, couvert, en ancienne porcelaine bleu
et blanc, à décor de fleurs de pêchers réservées sur fond
bleu, et de médaillons offrant des vases fleuris et des
attributs.

Haut. 0 m. 20

58. — Pot à gingembre, en porcelaine bleu et blanc, à décor
fleuri. Couvercle en bois sculpté et ajouré.

Haut. 0 m. 20

59. — Pot à gingembre, de décor similaire au précédent.

Haut. 0 m. 22

60. — Grand vase cornet, en porcelaine bleu et blanc, décoré
d'une sorte de démon debout sur un poisson.

Haut. 0 m. 43

61. — Vase en forme de gourde, en porcelaine monochrome céladon.

Cachet Kienlong   Haut. 0 m. 32

62. — Figure de Kwannin, en ancien blanc de Chine.

XVIIIe Siècle   Haut. 0 m. 43

63. — Autre figure de Kwannin, en porcelaine blanc de Chine.

Haut. 0 m. 28

64. — Petit vase, de forme allongée, et cotelée en blanc de Chine.

Haut 0 m. 14

65. — Vase cornet, en blanc de Chine, à couverte légèrement
crème.

Haut 0 m. 22

66. — Petit socle en blanc de Chine.

Haut 0 m. 10

67-68. Deux petites coupes libatoires, en blanc de Chine.

Haut 0 m. 08

69. — Petit vase cornet en porcelaine bleu fouetté, à traces de
décor or.

Epoque Kienlong   Haut. 0 m. 23

70. — Petit pot couvert, en ancienne porcelaine de Chine, décoré
de motifs floraux stylisés.

Epoque Yungching   Haut. 0 m. 18

71. — Potiche, de forme basse, décorée en relief d'émaux polychromes, de chrysanthèmes et de pivoines.

XVIII' Siècle   Hauti 0 m. 23

72. — Petite potiche, de forme ovoïde, décorée de deux personnages finement exécutés : l'épaulement supporte deux
mascarons à tête de chimères avec anneaux fixes.

XVIIIe Siècle   Haut. 0 m. 23

73. — Petit pot, de forme arrondie, décoré sur la panse de dragons
poursuivant le joyau sacré au milieu des nuages; au col
une zone des huit symboles bouddhiques. Couvercle en
bois sculpté et ajouré.

Cachet de Kienlong   Haut. 0 m. 23

74. — Vase cornet, décoré dans le style de la famille rose, de
personnages sur une terrasse fleurie.

Haut. 0 m.83

75. — Deux vases formant paire, en forme de boule, décorés en
polychromie, de chimères dans les nuages.

Haut. 0 m. 82

76. — Brûle-parfums formé d'une vasque tripode, décoré en
émaux bruns et manganèse, dans le style des Ming, de
dragons dans les nuages. Couvercle ajouré, surmonté
d'un chien de Fo.

Haut. 0 m. 27

77. — Figure en porcelaine, représentant le Dieu de Longévité,
Cheou-Lao, s'appuyant d'une main sur un long bâton,
tenant de l'autre le fruit de l'arbre fabuleux, Fan-tao,
qui ne fleurit que tous les trois mille ans.

Fin du XIIe · Siècle.   Haut. 0 m 49

78. — Vase cornet, de panse quadrilatérale, à couverte monochrome brun moutarde : deux faces supportent des mascarons à tête de chimères.

Epoque Kienlong   Haut. 0 m. 46

79. — Une très belle potiche, en ancienne porcelaine de Chine,
décorée dans le style des porcelaines japonaises d'Imari,
de personnages sur une terrasse.

Joli spécimen de l'Epoque Kienlong   Haut 0 m. 52

80. — Deux vases cornet, formant paire, décorés d'émaux en
relief représentant des dragons dans les nuages.

Haut. 0 m. 36

81. — Deux vases cornet formant paire, décorés sur fond jaune
impérial des diverses manières d'écrire le caractère
Cheou (longévité).

Epoque Taokuang   Haut. 0 m. 40

82. — Vase rouleau, décoré en réserve, sur fond vert, d'un oiseau
Hôo, sur un arbre en fleurs.

Fin du XVIIIe Siècle   Haut. 0 m. 31

83. — Deux tubes, formant paire, d'écorés en relief et en polychromie, sur un fond d'ornements géométriques, de
branches de pêchers.

XIXe Siècle   Haut. 0 m. 44

84. — Un vase, en forme d'un cornet, en porcelaine bleu turquoise.

Haut. 0 m. 32

85. — Bouteille à couverte monochrome, vert foncé.

Haut. 0 m. 31

86. — Deux vases formant paire, de forme cylindrique, en poterie
à couverte blanche craquelée, décorés au col, en relief,
de dragons et de divinités.

Style des pièces Sung (XIXe siècle)   Haut. 0 m. 33

87. — Une paire de vasques en porcelaine blanche décorée de
zones bleus et de fleurettes en émaux translucides.

Diam. 0 m. 23

88. — Pot à gingembre décoré en polychrome de motifs fleuris et
de caractères. Couvercle en bois sculpté et ajouré.

XIXe Siècle   Haut. 0 m. 24

89. — Un vase décoré en réserves sur fond bleu de Perse de motifs
floraux.

Haut. 0 m. 18

90. — Un lot de huit petits vases, d'époques et de décors divers.

Sera divisé

91. — Un grand vase rouleau décoré en polychromie rehaussé d'or
de scènes des huit immortels (Pa'hsien).

XIXe Siècle   Haut. 0 m. 63

92. — Figure en poterie émaillée dans le style des Ming, représentant un noble personnage assis.

Haut. 0 m. 22

93. — Vase en forme de cornet à couverte turquoise.

Haut. 0 m. 16

94. — Bouteille, de panse quadrilatérale, décorée de bouquets
fleuris.

Haut. 0 m. 26

95. — Deux petits vases flammés turquoise et bleu foncé.

96. — Deux petits vases à couverte sang de bœuf.

97. — Une petite potiche couverte à décor fleuri.

98. — Une potiche décorée dans le style Kanghi d'oiseaux et de
fleurs.

Haut. 0 m. 26

99. — Deux bonbonnières octogonales, en porcelaine, à couverte
bleu de Perse.

Diam. 0 m. 16

100. — Neuf chimères ou chiens de Fô.

(Seront divisées)

101. — Deux crapauds en porcelaine, l'un vert, l'autre turquoise.

102. — Un lot de petites pièces en porcelaines.

103. — Un lot de tabatières.

Sera divisé

104. — Une coupe en ancienne porcelaine de la Chine, à couverte céladon, de forme cotelée, imitant une fleur épanouie.

Cachet Yungching   Diam. 0 m. 25

105. — Une assiette décorée sur fond jaune gravé de motifs floraux polychromes.

Cachet Kienlong   Diam. 0 m. 26

106. — Un grand plat en poterie décorée sur fond crème craquelé d'un troupeau de cerfs et de biches au milieu des rochers.

Diam. 0 m. 34

107. — Un lot d'assiettes diverses.

108. — Quatre soucoupes en ancienne porcelaine de la Chine à décor fleuri.

109. — Huit soucoupes décorées sur fond jaune de motifs floraux.

110. — Huit soucoupes en porcelaine bleu et blanc à décor de rinceaux fleuris.

Cachet Kienlong

111. — Cinq soucoupes à couverte rouge corail.

112. — Quatre soucoupes en porcelaine bleu et blanc à décor de médaillons et de chauves-souris.

113. — Neuf soucoupes en porcelaine bleu et blanc à décors variés.

114. — Six soucoupes en porcelaine bleu et blanc.

115. — Deux cendriers en porcelaine bleu et blanc.

116. — Deux soucoupes en porcelaine blanche décorées de dragons en émaux verts.

117. — Deux tasses couvertes à décor polychrome de pins, de bambous et de fleurs variées.

118. — Une tasse couverte en porcelaine bleu et blanc à émaux
translucides.

119. — Un lot de bols en porcelaines variées.

Sera divisé

120. — Un oiseau en porcelaine flambée rouge et violet.

121. — Une bouteille à couverte vert foncé décorée en relief de
fleurettes plus claires.

122. — Un vase à décor de fleurs et de papillons.

Famille rose

123. — Un plat à décor de fleurettes stylisées.

Epoque Kanghi

124. — Un lot de huit jolies assiettes de la Compagnie des Indes.

125. — Deux plats, même famille.

126. — Deux plats persans à décor fleuri.

127. — Un vase à panse surélevée allant en s'amincissant à couverte
bleu turquoise.

Kienlong   Haut. 0 m. 30

128. — Petit vase en forme de gourde à double panse, à couverte
turquoise.

Kienlong   Haut. 0 m. 13

129. — Deux vases cornet en porcelaine blanche gravés sous couverte
de dragons et de nuages.

Kienlong   Haut. 0 m. 32

130. — Kwannin avec l'Enfant en ancien blanc de Chine.

Kanghi   Haut. 0 m. 20

131. — Petit brûle-parfum tripode en porcelaine craquelée vert
camélia.

XVIIIᵉ Siècle   Diam. 0 m. 10

132. — Vase de panse quadrilatérale, le col supportant deux anses
boucles. Couverte flammée marbrée.

Yungching   Haut. 0 m. 23

133. — Petit bouteille de forme arrondie à panse élevée à couverte
bleu clair moucheté en camaïeu.

Kienlong   Haut. 0 m. 20

134. — Petit vase de forme arrondie à panse élevée à couverte
similaire au précédent.

Kienlong   Haut. 0 m. 11

135. — Théière, de forme quadrilatérale en faïence de couverte
similaire au précédent.

Kienlong   Haut. 0 m. 20

136. — Un petit vase à large panse en porcelaine bleu foncé.

Ming   Haut. 0 m. 14

137. — Petite bouteille basse de forme arrondie en porcelaine bleu
foncé.

Yungching   Haut. 0 m. 36

138. — Petit vase quadrilatéral avec socle en porcelaine blanche
décoré de personnages et de motifs fleuris.

Yunching   Haut. 0 m. 32

139. — Une paire de petites potiches à décor fleuri.

Kanghi   Haut. 0 m. 20

140. — Une bouteille en porcelaine flammée bleu clair.

Kienlong   Haut. 0 m. 34

141. — Plat en ancienne poterie coréenne décoré en émaux brun et
turquoise de motifs fleuris et d'oiseaux.

Diam. 0 m. 30

142. — Grand bol creux, coréen, décoré en camaïeu, sur fond crème
craquelé de motifs fleuris.

Diam. 0 m. 25

143. — Vasque tripode en terre rougeâtre craquelée à couverte
épaisse, céladonnée.

Diam. 0 m. 27

144. — Verseuse en poterie blanche craquelée, l'épaulement supporte
quatre petites anses boucles.

Epoque Ming   Haut. 0 m. 25

145. — Bonbonnière en ancienne porcelaine de la Chine décorée en
émaux manganèse et bleu, de poissons au milieu de
herbes aquatiques.

Epoque Ming   Diam. 0 m. 30

146. — Grand pot, de forme conique, en poterie coréenne à couverte
brune, décoré sur la panse de zones canelées et sur l'épaulement de dépressions juxtaposées.

XVII⁰ Siècle   Haut. 0 m. 70

Bronzes

147. — Important groupe en bronze à jolie patine verte tâchée
rouge, représentant un éléphant caparaçonné accroupi, la
trompe levée, portant sur le dos une colonnade formée
d'une double fleur de lotus, sur laquelle repose une
petite pagode au toit relevé et d'où pendent des chaî-
nettes.

Jolie pièce du XVII⁰ siècle   Haut. 1 m. 30

148. — Grand bouddha thibetain en bronze à patine brune, la tête
surmontée d'une coiffure pointue.

Haut. 0 m. 98

149. — Autre bouddha thibetain, Çakya Toub-la, en bronze à
patine rougeâtre, accroupi, les mains ramenées dans le
geste de la prise à témoignage.

Haut. 0 m. 65

150. — Statuette en bronze doré représentant une divinité aux nom-
breux bras, toutes supportant des attributs variés.

Haut. 0 m. 50

151. — Statuette en bronze doré joliment ciselé, représentant Cakas
muni accroupi, les mains reposant l'une sur l'autre dans
l'attitude de la méditation.

Très jolie pièce   Haut. 0 m. 35

152. — Petite figure en bronze doré enrichie de turquoise, représentant Sgrol-Ma Gangs Khou, incarnation de Tara, en la
princesse Nepelaise Bhrikouti, seconde femme du roi
Srong tsan Gam-po, la divinité est assise sur le lotus, la
jambe pendante, les mains dans l'attitude de la charité.

Haut. 0 m. 12

153. — Autre figure en bronze similaire à la précédente, représentant Sgrol-Ma-dkar-Po Lan Mo.

Diam. 0 m. 12

154. — Autre bouddha thibetain en bronze doré.

Haut 0 m. 17

155. — Bouddha thibétain en bronze assis sur le lotus que supporte
une chimère.

Haut. 0 m. 25

156. — Statuette en bronze à patine brune, représentant Kuanti.

Haut. 0 m. 28

157. — Trois bouddhas en bronze.

158. — Deux divinités en bronze, l'une représentant Fouguen assis
sur un éléphant, l'autre Monjou, sur la chimère.

Haut. 0 m. 30

159. — Brûle-parfums tripode, les anses formées par deux salaman-
dres dressées sur l'épaulement.

Epoque Chow   Haut. 0 m. 28

160. — Urne à sacrifice formée d'une vasque supportée par trois
pieds élevés.

Epoque Sung   Haut. 0 m. 20

161. — Petite coupe en bronze à patine verte.

Diam. 0 m. 17

162. — Très joli brûle-parfums en bronze à patine brune, finement
niellé d'argent, à décor de nuages et de faces de taotié.

Epoque Ming   Diam. 0 m. 30

163. — Petite coupe libatoire en bronze.

164. — Deux chimères et un cerf accroupi en bronze à patine brune.

Emaux cloisonnés de la Chine

---

164 *a*.— Grand vase cornet, coupé dans la hauteur par quatre arrêtes dentelées, décoré sur fond d'émail turquoise de motifs de chrysanthèmes sylisés.

Epoque Ming   Haut. 0 m. 75

164 *b*.— Plat creux à marli droit en ancien émal cloisonné de la Chine, décoré sur fond turquoise d'une chimère au-dessus des flots.

Epoque Ming   Diam. 0 m. 25

164 *c*.— Un brûle-parfums et une coupe creuse en ancien émal cloisonné de la Chine, décoré sur fond turquoise de chrysanthèmes stylisés.

165. — Grand plat cloisonné à marli droit, décoré sur fond turquoise de rondes d'animaux fantastiques au milieu des nuages. Au revers, un joli décor de chrysanthèmes stylisés.

Epoque Ming   Diam. 0 m. 63

166. — Assiette plate décorée sur fond turquoise de quatre chimères se poursuivant au milieu des nuages. Au dos une rosace stylisée qu'entourent les huit symboles bouddhiques.

Epoque Ming   Diam. 0 m. 30

167. — Bouteille en ancien émail cloisonné de la Chine, décorée sur la panse de dragons poursuivant le joyau Tama. Au col, un décor de palmes. L'épaulement supporte deux boucles avec anneau mobile cloisonné.

Epoque Ming   Haut 0 m. 35

168. — Petit brûle-parfums décoré sur fond turquoise de motifs de chrysanthèmes stylisés.

Epoque Ming   Diam. 0 m. 14

169. — Petit brûle-parfums tripode élevé décoré de chrysanthèmes
sur fonds turquoise. Couvercle de même décor ajouré
d'une zone en bronze ciselé et doré.

Epoque Kanghi   Haut. 0 m. 36

170. — Grand vase à panse quadrilatérale en ancien émail cloisonné
de la Chine, décoré sur fond turquoise de fleurettes
stylisées et de médaillons du bonheur.

Jolie pièce de l'Epoque Kanghi   Haut. 0 m. 60

171. — Brûle-parfums en ancien émail cloisonné de la Chine, décoré
sur fond turquoise de palmettes avec figures de taotié.
Deux anses dragons en bronze doré.

Epoque Kienlong   Haut. 0 m. 46

172. — Petit brûle-parfums préied décoré sur fond turquoise de
motifs fleuris stylisés. Couvercle cloisonné surmonté d'une
petite chimère.

XVIIIᵉ Siècle   Haut. 0 m. 22

173. — Deux petits brûle-parfums priodes bas, formant paire, décorés sur fond turquoise de chrysanthèmes stylisés. L'épaulement supporte un mascaron à tête de taotié avec
anneau mobile.

XVIIIe Siècle   Diam 0 m. 12

174. — Brûle-parfums décoré sur fond turquoise de motifs fleuris
stylisés. L'épaulement supporte deux mascarons en bronze
doré à têtes de chimères, avec anneaux mobiles.

XVIIIe Siècle   Diam. 0 m. 19

175. — Petit brûle-parfums tripode décoré de branches de chrysanthèmes disposés sur un fond turquoise.

XVIIIe Siècle   Diam. 0 m. 12

176. — Bonbonnière en émail cloisonné, décorée sur fond turquoise
de chrysanthèmes stylisés et sur le couvercle en réserve
blanche, d'un cheval sous un pin.

XVIIIᵉ Siècle   Diam. 0 m. 24

177. — Petite bouteille décorée sur fond turquoise d'un dragon dans
les nuages.

XVIIIe Siècle   Haut. 0 m. 16

178. — Boîte rectangulaire en émaux cloisonnés décorée sur fond
jaune de motifs fleuris.

XVIIIe Siècle   Diam. 0 m. 25

179. — Bonbonnière ronde et plate décorée en émaux peints de
branches fleuries.

XVIIIe Siècle   Diam. 0 m. 12

180. — Sceptre de mandarin en émaux cloisonnés et incrustations
diverses.

Emaux peints de Canton

181. — Très jolie théière, de forme haute et lobée, en ancien émail
de Canton, finement décorée en réserve, sur fond noir,
de fleurs stylisées encadrant des panneaux de scènes à
personnages et de paysages variés.

Epoque Kienlong   Haut. 0 m. 20

182. — Une petite théière, en ancien émail de Canton à panse lobée
décorée d'un joli paysage maritime.

Epoque Kienlong   Haut. 0 m. 16

183. — Autre petite théière de forme quadrilatérale décorée en
réserves sur un fond de fleurs stylisées de petits panneaux à personnages.

Epoque Kienlong   Haut. 0 m. 12

184. — Jolie verseuse en ancien émail de Canton décorée en réserve
sur un fond de motifs fleuris noirs de médaillons en cœur
offrant des attributs et des vases fleuris.

Epoque Kienlong   Haut. 0 m. 25

185. — Petite potiche de forme arrondie décorée sur un fond crème
de petits bouquets de fleurs.

Epoque Kienlong   Haut. 0 m. 25

186. — Grand vase cornet décoré sur fond vert de motifs fleuris en émaux polychromes avec réserves blanches offrant des scènes de fleurs et d'oiseaux.

XVIIe Siècle   Haut. 0 m. 45

187. — Petit vase cornet en ancien émail de Canton, décoré au col et au pied de petites palmettes et sur la panse de motifs fleuris.

Epoque Kienlong   Haut. 0 m. 20

188. — Deux petites tasses et leurs soucoupes en émail de Canton à décor de personnages.

Kienlong

189. — Trois petites coupes quadrilobées en émail de Canton à décor fleuri.

Kienlong   Diam. 0 m. 10

190. — Petite boîte à fard décorée sur fond turquoise de dragons au milieu de rinceaux fleuris noirs.

Kienlong   Diam. 0 m. 10

191. — Petite coupe décorée sur fond bleu de Perse de motifs fleuris polychromes encadrant le caractère du bonheur.

Kienlong   Diam. 0 m. 12

Flacons Tabatières

*(Toutes ces pièces sont accompagnées d'un bouchon en corail,
jade, quartz, etc.*

AMBRE

192. — Flacon tabatière en ambre jaune agatisé, portant deux mascarons à tête de chimère avec anneaux fixés. Bouchon amétyste.

AGATES

193. — Deux tabatières en agate jaune décorées en relief de chevaux sous les pins.

194. — Grand flacon tabatière en agate jaune, l'épaulement supporte deux mascarons à tête taotiés avec anneaux fixes.

195. — Autre flacon tabatière de même décor.

196. — Flacon tabatière en agate jaune décoré de nuages noirs.

197. — Un lot de dix tabatières en agate brune, la panse unie
décorée d'effets nuageux.

198. — Tabatière en agate blanche décorée en relief dans une
veine brune de chimères jouant dans les fleurs.

199. — Tabatière en agate brune sculptée en relief d'oiseaux Hôo
et de chevaux.

200. — Deux tabatières en agate, chauves souris et poissons.

201. — Tabatière en agate bleue. Karako tenant une branche fleurie.

202. — Tabatière en agate brune, deux chevaux s'ébrouant.

203. — Tabatière en agate herbeuse.

204. — Deux tabatières en agate taillées en forme de gourde.

205. — Tabatière en agate herbeuse à fond rougeâtre.

206. — Trois tabatières en agate.

JADES

207. — Trois tabatières en forme d'un fruit, en jade blanc.

208. — Tabatière en jade blanc sculpté en relief d'une branche
fleurie et d'un papillon.

209. — Tabatière en jade blanc, imitant un fruit sur lequel grimpent
un singe et un papillon.

210. — Deux tabatières à panse quadrilatérale en jade blanc.

211. — Petite tabatière en jade blanc, à panse cotelée imitant un melon.

212. — Tabatière en jade vert, ayant l'aspect d'une gourde.

213. — Tabatière en jade vert marbré sculpté d'un renard et de branches de vigne.

CRISTAL DE ROCHE

214. — Tabatière en cristal ambré décoré de branches de prunier taillées dans une veine noire.

215. — Neuf tabatières en cristal de roche, à panse unie.

216. — Petite tabatière en cristal de roche, la panse taillée à facettes.

217. — Petite tabatière en cristal de roche bleuté et rose, montrant un poisson sortant des flots.

218. — Un lot de tabatières en cristal de roche décorées intérieurement de scènes peintes de personnages ou à fleurs.

DIVERS

219. — Deux tabatières en jaspe.

220. — Trois tabatières en jaspe.

221. — Deux tabatières en agate mousseuse.

222. — Six tabatières en agate.

223. — Quinze tabatières en agate.

224. — Une tabatière en jade.

225. — Une tabatière en nacre.

226. — Quatre tabatières en cristal de roche.

227. — Quatre tabatières en cristal de roche fumé.

228. — Une tabatière en cristal de roche avec rutiles.

229. — Une tabatière en amethyste.

230. — Une tabatière en amethyste givreuse.

231. — Une très belle collection de tabatières en verre, peintes
intérieurement de scènes diverses.

232. — Une collection de tabatières en verres sculptés, polychromes.

233. — Une collection de tabatières en verres monschromes.

234. — Un très beau lot de tabatières en porcelaine des époques
Yungching, Kienlong, Tao Kuang, etc.

Sera divisé

235. — Une tabatière en émail cloisonné.

236. — Quatre tabatières en jadéite.

237. — Une tabatière en marbre.

Divers

238. — Plaque d'ex-voto en marbre sculpté d'une divinité accroupie
les mains ramenées dans le giron.

Haut. 0 m. 15

239. — Petit écran en bois sculpté supportant deux plaquettes de
jade sculptées du caractère de longévité, de chauves-souris
et d'emblèmes bouddhiques.

Haut. 0 m. 25

240. — Petit vase en jade blanc à panse aplatie, près duquel se
tient un jeune garçon.

Haut. 0 m. 11

241. — Petit pendentif en jade vert sculpté et ajouré, formant le caractère « cheou », longévité.

242. — Deux petites tasses en jadéine verte.

243. — Petit bouddha en pierre de lard teint, imitant l'ivoire.

Haut. 0 m. 14

244. — Statuette en ivoire, de l'Epoque Ming, représentant un personnage debout, une pêche de longévité à la main.

Haut. 0 m. 21

245. — Deux petites coupes libatoires en corne de rhinocéros.

Seront divisées

245 b.— Huit lanternes à parois de verre avec peintures, ou parois de soie peinte.

Seront divisées

246. — Statuette d'Amida en bois laqué et doré assis sur le lotus devant l'auréole Funagoko.

Haut. 0 m. 60

247. — Une petite boîte en laque d'or incrustée de nacre.

248. — Un petit plateau en laque Nachiji décoré en laque d'or nacre et burgau de branches fleuries.

249. — Un pendentif formé de cinq plaquettes de jade sculptées et ajourées.

250. — Un lot de petites pièces jade et agate (pendentifs).

251. — Un collier en boules de cristal de roche taillées à facettes.

252. — Un bracelet et une garniture de boutons en cristal de roche, même travail.

253. — Petit bouddha pierre de lard.

254. — Un poignard à fourreau laqué rouge avec garniture de fer incrusté d'argent, accompagné du Kozuka et du Kogaï.

255. — Un poignard en bois laqué à garniture de cuivre. Kozuka intérieur en cuivre décoré d'un pêcheur au cormoran.

256. — Un nécessaire à manger le riz composé d'un couteaux, deux baguettes, avec fourreau galuchat.

257. — Petit éventail en ivoire sculpté et ajouré de personnages dans un jardin.

258. — Deux plats en poterie d'Imari décorés chacun de sennin.

259. — Une grande vasque à décors bleu sur blanc de rinceaux fleuris.

260. — Une vasque et son plateau porcelaine de Canton.

261. — Une paire de petite potiches couvertes décorées en réserve sur fond vert à médaillons fleuris de style de la famille rose.

262. — Deux assiettes à décors polychrome de personnages dans un jardin.

263. — Une vasque de forme ovale à décors de pivoines. Compagnie des Indes.

264. — Trois potiches couvertes à décors fleuri.

265. — Deux petits pots en faïence bleue et blanche.

266. — Une chimère en poterie trois couleurs style des Ming.

267. — Un grand tambour de temple en bois laqué rouge et doré à décors de chimère.

268. — Panneau circulaire en bois décoré en application de poterie d'un personnage portant une lourde cloche.
Cachet Kwan

269. — Deux panneaux peints sur soie représentant des scènes de danses à l'intérieur d'une maison de thé.

270. — Robe chinoise en satin noir brodé d'arbres fleuris et d'oiseaux.

271. — Un lot d'estampes Japonaises, par Outamano, Hokusaï, Toyokuni, Hiroshigé, etc.

272. — Un volume illustré en noir, scènes d'intérieur par Sukenobu.

273. — Un volume illustré en noir, scènes diverses par Hokusaï.

274. — Deux volumes illustrés en couleurs représentant des scènes d'acteurs par Toyokuni, Kunissada, etc.

Meubles

275. — Une très belle garniture en bois de racine à patine claire formée d'une table massive et de deux fauteuils.

Travail chinois

276. — Grand cabinet étagère en bois naturel décoré au laque d'or rehaussé d'applications de nacre et d'ivoire offrant des scènes diverses.

Japon   Haut. 1 m. 60 : larg. 1 m. 25

277. — Petit cabinet en bois naturel finement incrusté de nacre, scènes diverses.

Tonkin

278. — Ecran en bois naturel incrusté de nacre.

Tonkin

279. — Très joli petit meuble cabinet en bois de teck incrusté de nacre, portant à la partie supérieure une galerie ajourée.

Tonkin. XVIIIe Siècle   Haut. 0 m. 50

280. — Petit meuble cabinet en laque nachiji, l'un des côtés formant étagère tournante, offrant sur les portes des décors d'oiseaux dans les herbes.

Japon   Haut. 0 m. 50

281. — Fauteuil de temple en bois peint et doré, contenant une
statuette de Bouddha, debout, les mains jointes dans
l'attitude de la prière.

Tonkin   Haut. 0 m. 80

282. — Coffre à vêtements en laque noire portant en laque d'or des
armoiries de daymio.

Japon

283. — Importante pendule en bronze formée d'un large cadran
circulaire, ciselé de chimères poursuivant une sphère et
surmonté d'une petite figure d'enfant dansant.
Socle en bois naturel repoussé de laque d'or.

Japon   Haut. 1 m. 20

Broderies

284. — Panneau de satin blanc brodé en couleurs de fleurs et
d'oiseaux.

285. — Panneau de satin cerise brodé en soie jaune d'un dragon
dans les flammes.

286. — Panneau de satin jaune d'or brodé en soie grise d'un dragon
dans les flammes.

287. — Six panneaux en largeur de satin jaune d'or brodé en soie
grise de deux dragons; analogues au précédent.

288. — Quatre dessus de coussins analogues.

289. — Six dessus de coussin brodés en soie grise de dragons sur
fonds blanc ou maïs.

290. — Trois panneaux de satin noir brodés en soie verte de bambous élancés.

291. — Numéros omis.

Imprimerie Keller & Poirier, 88, rue Rochechouart, Paris.

www.ingramcontent.com/pod-product-compliance
Lightning Source LLC
LaVergne TN
LVHW021656170726
843501LV00007B/2592